JN140088

歌集

ザビエル忌

八木博信

Yagi Hironobu

六花書林

ザビエル忌　＊　目次

I

琥　珀　9
明日への祈り　20
ペリー祭　30
サーフボード　40
絵　本　50
クレヨン　58

II

ザビエル忌　71
枕　木　78
ヴィヨン　86

筏　93
古久谷焼　101

III

オフロード　109
野性の呼び声　119
エルミタージュ　126
囮　141
サイレン　149
電力計　157
帰路　161

あとがき　169

装幀　真田幸治

ザビエル忌

神様には別のお考えがあるんだよ。

トルーマン・カポーティ「草の竪琴」

I

琥　珀

鮮やかに指を切られき新学習指導要領めくらんとして

ごんぎつねを撃ちても悔いぬ心あれ朝の読書の沈黙のなか

道徳の時間始まる月曜の朝よもっとも喉かわくとき

今日緩和する自衛隊武器使用基準とスカート丈の校則

少年に渡せば脇にはさまれて熱くなるわが地図の砂漠よ

「電池すぐ尽きてしまうよ」「かまわない」灯そう君の直列つなぎ

少女らの猥談みちる理科室にねむる琥珀の女王蜂が

さかのぼれば全ては一つになる物理理論を説けば私語やみにけり

おそらくはどこか過失があるだろうこの美しき方程式に

世界史のテストいま数知れぬ手が解答欄に書く「免罪符」

一昨年（おととし）も去年（こぞ）も今年も教科書のサルトルの目はどこを見つめる

連立不等式に「解なし」わかち合うことのできないもののごとくに

婚近き若き教師の喉仏うごく少女の視線あつめて

新鮮な果実を運び来たるゆえ潤む給食委員のひとみ

万国旗はためく体育祭の日も暗渠の上の学級花壇

誤りて防犯ブザー鳴りわたるいのり始まる礼拝堂に

伝令のように平らな胸愛(は)しく水兵服(セーラー)で告げにくる愛

恋文の鉛筆の字のうすければ少女よ深く傷ついてみよ

「先生、私、父親がいや」ああ俺もいやだよ聖夜劇のヨセフが

治療用箱庭のなか忘れられ森への道に輝くピアス

だきあげる少女の指がとどかんとしている聖樹の偽物の星

キリストを裏切るユダの接吻に責められている職員会議

老教師リストラのため解雇され見にゆくロダンのバルザック像

われへ向け湧く鱗雲　天網のごとし恢恢疎にして漏らせ

シスターにやさしく咎められている聖書を読みし目の充血を

学級崩壊を収拾して向かうイタリア映画大回顧展

残業を終えし教師を待ち受けて深夜映画のガンマンは撃つ

ダフニスとクローエが好き独身の男を照らすフラットテレビ

ウィリアム・モリスの草絵からみあう日記を閉じて深く眠らん

天をさすブロンズ像の指先より鋭く濡れて雨ふりはじむ

明日への祈り

わが受賞　旅情のごとしあと七日戸川京子が自殺するまで

身籠もらぬわれの肉叢（ししむら）　纜（ともづな）をとく暁の熱を宿して

朝禱（ちょうとう）の後の説教身にしみて好きな言葉の一つ「弑逆」

父親に強姦されし君が見る視力検査のランドルト環

母親に児童ポルノに出させられ閉じる瞳の色覚異常

「親権の停止は難しいでしょう」月光はさす積み木の家に

「ねえ、先生、来たよ初潮が」おめでとう遥かな国の武装蜂起も

どの子にもぬきさしならぬ自我があり北窓に呼ぶ狐狗狸さんを

衝撃波　船出のごとく轟きて俺の愚かな夢破るとき

「鬼」と書き誤りしまま施錠して四角い闇となる兎小屋

親友がたちまち敵になる少女たちの脂が溶け合うプール

使用済み生理用品入れられてわがチョーク箱羽衣印

原爆忌　浜田省吾のＣＤを聞きつづけ今「青空の扉」

弾劾のごとき夕立ゆきすぎて返り血の陽に向日葵は咲く

鉈をふり上げて少女の顔暗し嵐は迫るキャンプ場へと

サザンオールスターズ歌うすぐそこに沈むわれらの南海トラフ

炎帝を逃れて入ればば教会の中まだ見えぬキリスト像が

チャールストン・ヘストン痴呆極まれど俺の心の中の「エル・シド」

愛されぬ数かぎりなき父のためジョゼ・ジョヴァンニの暗黒映画

ウィリアム・テルよ父なら林檎より頭蓋を射たん弓ひく力

少女から少女へないしょの物語　刃物ふれあうごとき囁き

手探りでとれば聖書より重くジェーン年鑑ファイティング・シップス

少年は何も信じぬ骨肉が相打つ極真空手のほかは

帰郷する道迷うなよ君が駆るKawasakiバルカン1500cc

速やかに年をとりたしリア王のごとく荒野を彷徨(さまよ)うために

音悪きラジオに鳴ればエルヴィスとともに歌わん「明日への祈り」

わが母の教えてくれたとおり折る鶴にやさしく息吹き入れて

ペリー祭

学級を崩壊させて君たちが乗り込むペリー祭のデッキに

施錠した体育倉庫で創るのか君らも君らだけの神話を

キーパーに弾かれている　君の名を叫びてシュートいかに狙えど

サッカーの選手がやすむ食塩の錠剤をかむ猥褻な音

日曜のランボーきみが流離（さすら）いて遥かなるかなこの校庭も

絶望の突撃に似て君走る棒高跳びにいたる助走を

スパイクを受け損なえば跪(ひざまず)きて祈りのかたちするレシーバー

新しき運動靴で走りたし少年処刑を待つごとき足

棺桶のごとく並べる跳び箱に染み込んでいる汗かわきゆく

銃声で駆け出す君ら争えば百メートルの後に死がある

知的障害者の兄がたたくときティンパニやけに堂々とする

消しゴムで消した答えが正解か潮みちてくる試験会場

原爆のことにて議論割れたまま終わる英会話中級クラス

すぐ怒るだけの先生分数のところにくるとその臭い息

航跡の泡消えがたし少年が俺を糺しし視線のように

「条件をみたす」のが好き数学の問題文もさびしさの詩

水玉のTシャツなれば教室の流水算に溺れる少女

色ガラス製の文鎮教室に忘れられたる涙のように

分銅を天秤皿にのせるとき扇情的なピンセットと君

監獄に似て壁高き女子校の技術家庭科室の塩壺

争っていたが牧師がついに打つ少女を寒く待つ銀世界

わが弾きしためけがされて鍵盤の牙は輝く夜露にぬれて

売店に集う少女ら欲望をつねに指示語で満たさんとして

母親の朝の言葉に傷ついて吸えばミントの息吐く少女

今晩も短気な母に叱られて少年は泣く月あかき夜を

課題図書読み進まねば少女老いやすく恋成りがたき八月

明日また崩壊すべき学級の窓際異形のごとき球根

サーフボード

ビショップで王手をかけて粛(しめ)やかに明ける夫婦の毛深い夜が

憎み合う父母を見て大人びるもうエルマーは冒険をしない

泣いていたのか転びし少年の頰ひとすじに砂粒はつく

人形を寝かせて診れば少年と母に来るべし日蝕の闇

「新しい母さんだよ」とピストルのごとく指差す若き女を

少年は偽物が好き父親のダッチワイフに言う「お母さん」

絵葉書のような写真は色あたらし挫折を知らぬ少年が撮る

フルシチョフの名前ニキータ母親に何度も呼ばれていたことだろう

不幸のみ引き継がれゆくどの家も影絵のごとき灯をともしつつ

子供部屋ＧＩジョーが彷徨(さまよ)えば果てしなき君の戦場となる

君ユングに魅入られてゆく早春の心理学科に俺残されて

模型店きれいなお姉さんがいてガラスケースの中の戦場

道徳で汚すな恋を少年の防毒マスクの両目は丸く

今日愛を告げに行くため早足の少女の下にマグマは燃えて

行きどころなければ塾へ来てじっと何かを我慢している君も

山彦を待てども君は変声期悪魔のごとき汚れた声の

少年と俺が見つめる速度計きわまれ危険速度を超えて

自らが死ぬ物語少年がグリーンガムの息もて話す

ひきこもる少年の部屋あかねさす光る玩具の緊急車輛

少年が手にする「ロダン言葉抄」いま過ぎて行く北極星下

少年のベッドのなかに残されてあたたかきかな英字新聞

脚を病む少年が来てまた見入るサーフボードに描かれし馬

病床で少年は読む「ファーブル昆虫記」哀しきものに本能

野良犬の死体見てきて手をかざす焚火にゆれるわれらの影が

保育園最後の子供帰宅して園の兎に魔が降りてくる

成人式　獣の匂いをおびて行く君ら勝利の日があるごとく

迷子か？　と聞けばうなずく幼けなき思いつめたる顔をあげずに

自殺した少年の部屋面舵に沈まんとする戦艦大和

出産後　力の尽きるお母さん紅遠き庭の楪（ゆずりは）

絵本

「姉が死にました」と嘘をいう君の仮性近視の進む清(すが)しさ

遠足のバスに酔いはて眠り込む少女が俺のかぼそき胸で

場面緘黙の少女が言わんとしやがて散りゆく言葉　言の葉

君嫁ぎゆきて久しき今頃はのどの渇きに目覚めるだろう

ためらわずカッターナイフと言うときに少女がやけに美しくなる

ふと君の額に角があるように見えるよ恋を語りだすとき

まだ細きからだのままで愛しあう少年少女を星座は守る

眼帯をしたがる少女見る勇気なくば眠れよ夢さえ見ずに

すぐに泣く少女そのたび背負いたる重たい石があるごとき声

ラムネ飲む少年の胸たよりなく今日も少女に貶(おとし)められき

おしゃべりな少女と帰る家路ながく道を説かれていることもある

アトリエのベッドに少女戦慄と眠る双子の片割れとして

いたましく着飾ってきて幻の恋人を待つ少女の茶房

乳児期に殴られ歪む少年の頭蓋滴りやすき言語野

「ねえ先生、キスしてあげる」電圧をかけるネオンの色鮮やかに

その中に一人貧しき少女らし遅れて話す谺のごとく

ぬばたまの墨刑なして灼け残る少女の腕の時計の跡が

飛ぶように歌えばすぐに汚される真冬に少女のはく白き靴

靴を脱ぎ終わる少女が啜り泣くアラスカ石油パイプラインも

「先生、あたし、整形したの」新しく何か見えるか？　一重瞼で

好きだった泣くと涙で腫れあがる整形前の一重瞼が

ハンバーガーショップ宿題すすまねばやがて罵り合う少女たち

死刑囚明日を知らずに眠るとき絵本の中にお城は灯る

クレヨン

藤棚の下で問われて地に示すガス状化学兵器の式を

教え子の嘘を許せばメルカトル図法の赤き日本列島

授業中寝ている君の髪を撫で　起こすカエサル暗殺の後

熱おびている少年に読み聞かす「いやいやえん」の森の暗みを

ふりかえる君を見返す俺の目よ鋭く光れ問われるまえに

憑かれたるような口ぶり少年の論理に俺は追いつめられて

艦隊の南下は静か子供たちをだます授業の教師の指も

日本国勢図会で調べるわが国の弱き部分の確かな数字

食うためにひとつ職場に集いたるわれら貧しき性さらしつつ

アメーバの進行方向論じ終え俺歩きだす晩年へ向け

グリム譚「いばらの中のユダヤ人」朗読終えて顔あげてゆく

名を呼ぶと驚くように返事する子ならそうっと名を呼んでやる

大きすぎる自転車こいでゆく君の後ろ姿に夢託すとき

麦畑えがく教師の手で折れるクレヨンの黄と貧しき夢と

水彩画描かん疎林ともに入る俺は少女を遠ざけながら

生い立ちの記を書く時間　先生も自伝いつわる履歴書をなす

木枯らしの中や見知らぬ少年のマフラー結び直してあげる

野良犬も俺も少女も身をよせて澄みわたる黄昏のジャングルジムよ

かたわらに少年なきか新しき地図を広げている俺の部屋

いくたびも凍死させるよパトラッシュとネロをわたしの童話全集

ゲームセンターに集まる少年に煙草をもらうときのつれづれ

妊娠中絶の保育士点描のジョルジュ・スーラの砂場に埋もれ

マッチ音たてて燃ゆるは愛されぬ化学教師の老いし手の中

見合い断られて生徒たちを待つ先生が弾く狂想曲を

実験の磁石かならず北を向く理由も愛の告白に似る

理科事典見ていて眠る午後に行くあのウミユリのゆれる海まで

ヘブライ大学留学を終えてきて君デパートの屋上に着く

豆の木を斧でジャックが倒すまで俺とジャックの母との情事

数式を幾何学化する黄昏のコンピュータに愛語をつづる

スペイン語授業を終えしアントニオ石の匂いの激しき男

II

ザビエル忌

日曜のたびに祈りて悔いなきや真夏にわれの両手冷たく

賛美歌をうたう貴女の二卵生双生児背を向け合う子宮

弟子の足を洗うキリスト俺もいま少女の膝の傷癒しつつ

猥褻な囁きに似て昇降機軋むわれらの有罪を載せ

無残にもセーラー服を着せられて洋品店の鼻高き像

水浸みてゆく裂傷の右腕をうつす鏡の神学部館

希望とはまさに悪徳　若草が蒼し静かに火の迫る野に

報道写真展つねに悲惨なる写真を見たしわれら悲惨に

たよりなき糸のごとくに島々をつなぐ航空写真の橋が

いつも来る無言電話の向こうから過失のごとく聞こえる聖歌

江藤淳とその時代過ぐわが風呂場清潔にして剃刀もなく

飲むときに水のボトルに哀しくも刷られて紙のヨーロッパ地図

星を見にゆくにはあらず懐かしき影絵の町のプラネタリウム

ここでないところを恋えば宇宙より素粒子は来るカミオカンデに

誕生はつねに血だらけ遠ざかる赤方偏移の宇宙の淵も

ザビエル忌マラソン走者それぞれに折り返しゆく身を傾けて

バーベルが肩に喰い込み立ち上がる丘へ赴く聖者のごとく

オレンジを食べし唇痺れつつおくれてうたう黒人霊歌

階段を下りゆく果ての電気室いま新鮮に裏切られたい

マリア像白き両手をひろげ立つタネも仕掛けもありませんよと

枕木

傘ひらく刹那　匂うものありて哀しみばかり昂まる朝

寂しさのはてなん国で受肉されクローン人間とはいえ他人

蜂蜜がパンより落ちる俺も甘く堕ちてゆきたし明るき朝に

祭礼のようではないか厳かに電球ともる地下鉄工事

開口部「落下注意」の文字赤く描かれている落ちる男も

血に染まることもなからんワイシャツに寂しくおのが身を入れるとき

倒されてリングをおりる叙情詩のごとき体をまた傷つけて

自衛隊徒手格闘の蹴り低く俺はひざつく敗北の地に

レガッタが過ぎゆく水面わが内に生まれんとして滅びゆくもの

列車すぎ沈みしあとの枕木がもどる幽かに己の位置へ

貨物船接岸せまり押し船が寄る辺なき身を沖へと返す

北極海唯一の不凍港ならば生まれたかったムルマンスクに

流刑地のごとき河原にわれのみが残されて待つ幻の船

堕ちてくる者たちのため教会の絵の聖人は指さす天を

俺だけが見ているだろう真夜中の人も車も途絶えた橋を

西洋の人形たちがおどり出て時報の鐘の崩壊の音

旅立ちの鉄路の上に来て止まる夏の車輪も蒼褪めている

たまらなく叫びたくなる息ながく俺にまだ来ぬ不幸を呼びて

ふと変に気が滅入るのはわが内の正義感など甦るとき

細菌をマウスに注射する指を見て殺伐とマイバースデイ

思い出のひとつにならんレスリングの後ろ反り投げ見ている今も

ひたすらに許してみたい日々続き　いとど優しくなることもなく

ヴィヨン

俺恋をすればみずみずしく向かう君の働く洋菓子ヴィヨン

たけなわの愛を運んでゆけHONDAワルキューレまだ死なない俺の

鳥籠に寄りそい眠るインコさえ翔ぶ日のためにたためる翼

俺は言う「君の名前が好きです」とヘンリー・フォンダのような瞳で

麻酔まださめざる歯茎他人事のように告白している愛を

愛されることなど待つな絶えまなくわれらを透過する宇宙線

君来ると思えば微かシュバイツァー試薬で検出される繊維素

エーテルの風が伝えるかりそめの恋は波でも粒子でもある

今日われら抱きあわんと逢えばすぐ陽射しはおよぶ下半身まで

電工も恋におびえて地におりる娶らんまえの父のごとくに

観測のたびに異なる愛だからどんなしぐさも繰り返せない

海があり太陽もあり全身に刺青をした女のねむり

音たてて生木は燃える猥褻に抱き合っていたわれらの前で

未来あることは哀しき　性交後香る精子の乾く夜の夢

笛の音が聞こえはせぬか性果てし後のわれらは汚れていても

君が俺を理路整然と責める日に燃えつきてゆく流星二つ

くちづけの唇に来て沈みゆきまだ昇り来る血の中の塩

後朝に傷つきすぎて君が帰る the long and winding road

すぐ汗をかく掌に包みたし醜くたれる君の乳房を

筏

父若きころの写真のからだ白く癌細胞のざわめきもまだ

半鐘を打ち終えてきて紅潮の父美しく火事を告げにき

内臓を示すイラスト父に似た笑顔も半分皮剥ぎの刑

始発駅徐行の車輛きて停まり父たちは待つドア開くまで

父たちの労使交渉実りなく傷つけあえば愛のごとくに

わが父を殺せなかったあのときも成層圏をふり仰ぎみて

バリウムを飲み干してよりわが父のにわかに凜凜し癌を宿して

定食屋うなだれている父たちが食らう撃ちぬかれたる蓮根

花束を持たせて送る整理解雇の父たちを待つ離婚届が

癌病の父が乗るため七尾線ゆれる瀕死のロックンロール

祈りの手鼻血で汚す少年を労わる父が吝嗇の手で

何すれど過失のほかに見えぬ父がつくる模型のトライスターよ

ロッキード・スターファイター永遠に悲愴な父が機首あげながら

案の定　治癒は進まず美しき糜爛花咲く春のカルテに

包丁を持って暴れる父たちの脛毛からまる靴下の中

果てしなき夜の私鉄よ帰りたくない父たちを待つ処女地あれ

拷問に耐えるがごとくのけぞって歌うサラリーマンのカラオケ

イワン四世口論の末長男を打ち殺す一五八一年

なにものも許さぬ冬木　末期癌宿して父が手をふれにゆく

父は切るみずから秋の太陽の匂いを帯びた髪をざっくり

重すぎる荷物は捨てていけよ父運河は海につながっている

誓子忌を終えて帰らん父シャツに炎天の風孕ませながら

メデュース号の筏にいるか逞しく父よ死体にならずに今も

古久谷焼

始動するジェットエンジンわが内のやさしきものが固まる帰郷

旅客機の悲鳴のごとき轟音と切羽詰まったわが望郷と

引力に負けるな俺もダグラスも海で途切れている滑走路

帰省する旅客機が地をはなれゆくディズニーランドを廃墟となして

夜もすがら愛していたかいつもより機長の重き操縦桿よ

わが心貧しくどこを目指せども激しく揺れる離陸の翼

コカ・コーラ飲みほしたればボトル立つ日本海の深緑なし

何処より来て善きことの何もせず何処へ行くやレプリカントも

わが死体焼かれるときも寒き日かブーツの先に降り積もる雪

わが墓となるべく圧し潰されながら燃えているらん愚直な石が

シャドーするボクシングジムの壁の大鏡の中のわが背後霊

北窓を開ければあらわなる心すべての悪をなして死ぬべく

わが心素直ならねばただ寒しナイトブルーの古久谷焼も

編隊を離脱してゆく一機あり生まれ変わらん土地を求めて

能登島の灯にはなやいで迫りくる密入国のスネークヘッド

わが生れし日の夕暮に怒りきわまり木に斧を打ちこむ男

Ⅲ

オフロード

幼きより画才秀でて老いて描く少年伝記文庫のイエス

もう一度演じてくれよレオナルド・ディカプリオあの年若き痴者

ニュータウンへ帰る青年スクラムに傷つきし肩そばだてながら

郵便夫黒き鞄の口をあけ文を掻(か)き出す掻爬(そうは)のごとく

レスラーの首太ければ東雲(しののめ)にやさしき恋の夢みるだろう

ボディビルダーの犇めくシャワー室俺もどこかを鍛え忘れて

秋風と思う晩夏の競技場　天罰として睾丸二つ

顎強くするためガムを嚙みつづけ唾液が甘き拳闘士たち

わが顔を剃る人の胸かぐわしく死にたき日には来る理髪店

屋根裏のアンネ密告せし者の転生として俺のドイツ語

疫病のために封鎖の街ならば全域若き兵士の匂い

裏切りに栄光よあれ一陣の熱風に死ぬひともとの花

霊柩車赤信号で停められて運ぶおそらく勇者ではなく

労働者を欺く君が好きな言葉「歴史を見ればすでに明らか」

斧をふり下ろして何の終焉とせしや晩夏に娶りいそぎて

わが髪をさくさくと切れセビリアの理髪師遂げたき恋あるならば

素裸の兵士が眠る岩のうえ温もっている人の形に

鉄筋コンクリートで築く礼拝堂　石の天使もまだ封のなか

火事ひとつ消して輝く銀色の男たちみな男根を持つ

引力でつぶされるまで探査機が送るガリレオ木星日記

疲れたる顔ひきしまれ雨のなか交通誘導している君も

サスペンションがあやしく沈むオフロード走れよ恥じるところなければ

窓を拭く君のゴンドラ来て止まれわれらを救い出さぬとはいえ

手品師が自分のために花を出す夜もあるだろう騙しつかれて

羅（うすもの）に守られるのみセバスチャン矢傷血小板の欠乏

わが前を通る園丁女王に愛されてきてその大鋏

新婚の花屋夫婦に磨かれて薫る一夜の銅のバケツが

眠りたしその一族と長カイン行けども神にまだ近すぎる

野性の呼び声

獣らも俺も何かを諦めて来ている上野動物園に

夕立を逃れてくれればその橋の下いっせいに蜘蛛の共喰い

階段の途中に眠る黒猫をさすればひらく緑の瞳

渡らんとして来しわれを咎めるや蛇の死体の速き流れが

赤頭巾を追いつめるとき近代的自我の目覚めに濡れる狼

背後より俺の頭をかすめゆき鴉が告げる次の挫折を

やたら鳴く老猫なれば抱きあげる死にゆくものは芳しきかな

漏れ聞こえくる賛美歌に去りがたく俺とシベリアンハスキーは立つ

ケンネルを出てもしみつく狼の匂いしばらく身にまといつつ

囚われの犬つぎつぎに遠吠えを始める俺の就寝時間

深海で眠る鯨が魘（うな）されている陸棲の記憶の夢に

首垂れるサラブレッドに添いながら鞭うたぬとき騎手もうつむく

屠殺される牛が涙ぐむ寄生虫たちも泣くのか真っ暗闇で

仕事あるふりで出かける父たちを呼ばん野性の呼び声もあれ

赤犬が門扉を抜けて入らんとす廃屋はわが貧しき心

いくたびも淵に身を投げ州へもどる蛙に滅ぶ意志あるごとく

現実が君の思想を侵すまで透きとおっている蠍の体

オワッタオワッタオワッタと鴉が鳴いて始まる朝が

平和祭　己けがした指でおり指紋の残る漆黒の鶴

授乳する母猫なれど右顧ののち左眄して見る人間たちを

エルミタージュ

彷徨えるアステロイドへ帰らんか星の王子を探し求めて

西洋における林檎を論考し白雪姫が貪る惰眠

眼病の瞼を閉じている我に来よゲルニカの燃え上がる馬

カフェナイトホークに飲まんブラックを巡礼終えし旅装をときて

絶望の涙を流しうつぶせる俺もリキテンシュタインのため

人類なきあとも残れよ埴谷雄高「死霊」装甲車エルミタージュも

「青い影」歌い終わればスタジオの真横を過ぎる貨物列車よ

残業に倦みてはひらく吸血鬼小説集の口絵拙劣

小松崎茂は死ねどわが内に極彩色の戦争がある

「生まれざりし方がよかりし」新約を閉じて呼ばれる治療室へと

不覚にも父の文字に魅かれしか繰り広ぐキリスト教教父事典を

「ゴダールのマリア」を観しは故郷の原発炉心に罅入りしころ

たまらなくわれらは孤独　米空軍ロズウェル事件最終文書

倒すたび死は近づけりブルース・リーの背後コロッセウムの写真

マンションの外装工事不注意で転落死するミケランジェロが

熱病死われにも来たれベニスより遠し　亜細亜の東海の磯

少年のころは明日あり「日本列島改造論」を読みおわる朝

足場組むビルの男よわが歌う「スカボロフェア」聞こえているか

石切場男が圧死する同じ空のした野外歌劇の「フィガロ」

「弓を引くヘラクレス像」見る俺の全身全霊がうしろめたい

書記座像発掘されて眩しくはないか見開くガラスの瞳

妹よ見よ微笑するモナ・リザの黄熱病の腫れた瞼を

しっかりと笑わせてくれ「バンドネオンを持つ道化師」の顔傷だらけ

走りたい乳房をはだけ砂浜をピカソブルーの空あるかぎり

異界から俺の名を呼ぶ声がする力みなぎるわが山月記

「文明の生態史観」また読まん渇く大地に憧れながら

網棚に忘れし人のゆかしきや岩波文庫「北越雪譜」

「夕陽のガンマン」に撃たれて一行の歌になりたき秋の夕暮

新鮮な廃墟に雨がふる俺もタルコフスキーの犬になりたし

ヨブ記返す書棚に迫り平積みの歓喜美少女緊縛画集

退勤の時刻せまればひとりでに心は歌う「わが心のジョージア」

着メロは宮城道雄の「春の海」７５０ｃｃ（ナナハン）を駆る俺の首都高

覚めぎわの夢で登攀あきらめしセザンヌ「サント・ヴィクトワール山」

矮小な嘘をつく俺スタニスラフスキー「俳優の創造的状態」

死はつねにスローモーション閉館の最終上映サム・ペキンパー

今日もやさしくなれざりき失明後ミルトンは成す「失楽園」を

明日こそは買わん古書肆の店先にあやうし「シャルル・ノディエ全集」

身がまえる男破れている表紙「戦後プロレス三十年史」

「リトアニアへの旅の追憶」を観た近く岡田有希子の飛び降り自殺

ベルナール・ビュッフェの自殺ビニール袋一枚「描けぬ人生ならば」

「ソラリスの陽の下に」読み終わらんか目閉じればある全てのものが

わが忘れし傘もいつかは出会うのかミシンと解剖台の上にて

せめて深く眠りに落ちん「バルカン半島史」読了できず今夜も

化

いませつに読みたしフランス革命史国旗の赤は同志の血潮

新しきミサイル配備計画の記事の裏面が妃懐妊

ＫＧＢ拷問室に光満ち公式名称技術装備房

最後の夢見ているだろう気化爆弾ビッグブルーを明日落とす村

人だけを殺し家屋は壊さない爆弾効果図に教会がある

投下する特殊爆弾自らが破壊し尽くす土地との出会い

人間の性器のごとしそこだけが敏し秘かに核の信管

飛ばぬときも総身に知恵はまわりかねB−52ストラトフォートレス

欺かれ囮(おとり)発熱体を追うミサイルはもうやり直せない

スイスより届く丘陵地帯用装甲車ハイジ対空砲装備

無人ヘリハミングバードが歌いつつ撃ち殺す羊と羊飼いを

美しき雪のようだね爆撃後ふる対レーダー錯乱フレーク

狙撃兵夜明けの夢の故郷も暗視サイトの緑の世界

独裁者の夫婦を処刑する若き兵士の首の赤きスカーフ

繰り言のように回転弾倉が回るだろう何を撃ち殺しても

わが銃に特殊塗装を施せば青の時代のブローニング・ハイパワー

Tシャツにプリントされてまた遠きものを見つめるゲバラの顔が

全廃棄近し兵士の撫で肩にやさしき無反動砲カール・グスタフ

煩悩の数にはあらず真珠湾襲う零戦一〇八機なれど

「あなたにも造れる兵器」最終章原子爆弾ヒロシマタイプ

母眠る夜に胎児はめざめゆき三沢の基地にガトリング砲

生卵落としてしまう海溝によみがえりくる亡霊たちが

サイレン

ホストクラブエデンを過ぎる頃ならん染井吉野開花前線

その顔を撮られていれば自殺する花より弱き強盗犯よ

警官が白く縁取るアスファルトの夢見るような少年の死を

採血の針さだまらぬ紀元節　目もと涼しき看護婦となる

ケーブルの切断面がなつかしく輝いている工夫に抱かれ

手をあげる交通巡査ぬれながら何の出会いを待つ交差点

駅伝の一人倒れておきざりの真冬の町に買う童話集

助走して身をよじりつつ天を見て背より堕ちゆく高飛びイエス

全身の汗冷えてきて敗北の陸上選手屈葬のごと

妻を呼ぶ鯨の声よ刑務所の壁を隔ててポプラは枯れて

その盾と鎧が重きことを言うときに艶く武装警官

涙こらえる女囚もあらんサイレンが終わりを告げる運動時間

溶接の火を一心に見つめたい俺もレンガ色の仮面で

わがためでなけれど俺のかたわらに来て黒人がハモニカを吹く

演習が終われば残る犯されし少女のごとく戦車一台

守るべきものを持つゆえ両膝が軋みて太る中年男

犯人護送車の窓が金網で覆われ君と俺を隔てる

教誨師（きょうかいし）聖句忘れているときも天然ガスは静かに燃える

緑青が噴く寸前か拳銃の匂いが満ちる証拠保存庫

誰を刺すために鋭く閉じられてビニール傘の銀の骨格

粉砂糖ふりかけながら完成のケーキ地獄も雪ふるばかり

電力計

父親になれざりしかば月よりも冷たき水を喉鳴らし飲む

わが頬を打ちしある日の母の胸豊かにゆれて鎮まりしこと

家庭とは善の温床そしてまた悪をほのぼの育むところ

デパートの地下に燃ゆるは薔薇色で腐敗をひたに待てるサーモン

満ち潮に日本は痩せて終わる潮干狩と一億人の真昼が

食卓を囲む家族のだれもみな時報の針に怒りを合わせ

荒れ狂う海を描きしターナーに母の狂死と父の長寿と

君たちも父のみ外し思い出を創らんとする家族旅行で

初潮とは悲しき潮妹が見落とす地図の北回帰線

父死にてかくも華やぐ母親が映る肉屋の鏡に白く

幸福な家にも不幸な家族にも回る積算電力計が

帰路

朝礻壽に向かう廊下の明るさよああ惨劇が足りない今日も

降り注ぐ雨に打たれて熱くなる組み上げられし鉄骨と俺

地平線あれば行きたしその向こうそこへ行けどもまた地平線

日本刀抜けば鎮まる心かなふり下ろすときすでに乱れて

足跡を残すセメント明日も行く俺の化石を確かめるため

海めくれあがらんとする風のなか俺は論理を重く装う

俺うすき胸板のまま言いきらん言葉儚くなりゆく速さ

渇水のダムの底より風見鶏あらわれ曝す鉄の体を

懺悔室出てきた俺を染めあげて輪郭くろきステンドグラス

諸橋にめざす字あらぬ参考書室に祈りのごとき空調

生木より削りだし終え仏像を見つめる冬の日が暮れるまで

自走砲撃つときすさる剥出しの俺の短歌を守りもせずに

ハンターに追われて老いた鹿が入る大湿原はわが死ぬところ

脇の下汗で湿りているシャツを脱ぐ鞭打ちの刑まつ背中

己より弱きなにかを見つけたし私服にもどるロッカールーム

隙間風ゆきすぎるとき煙草火が俺の汚き顔照らしだす

ストリップ劇場地球座が閉じるマリオネットもがくりと死んで

一日の終わりにわたる多摩川に罪深きわが顔を映して

汚すだけ汚して捨てる手袋で守ったはずの手に傷がある

寝るだけに帰るアパート紫陽花の色かわりゆけ悪夢のごとく

わが処女地いずこにありや地図投影いかにすれども大地は歪む

指をつめる極道耳を切るゴッホ　おやすみなさい刃（やいば）を胸に

向日葵は夜をつらぬいて立つ　don't kneel to the rizing sun

あとがき

本集は、一九九九年に上梓した第一歌集『フラミンゴ』から後、二〇〇二年までの作品を主に、その期間以前と以後のものも適宜採用してまとめた。二〇〇二年に第四十五回短歌研究新人賞を受けたので自分なりに節目とした。

歌群のカバーするライフスパンは、おおまかに成人期後半になろうか。その頃を中心に、接した人々や鑑賞した諸作品、生起した出来事をきっかけに、虚実入り混じりながら炭酸水の泡のように生まれた歌群である。

集中に多く「少年」「少女」とあるのは、ある時期、学習塾の講師や家庭教師を生業としていたので、その間に出会った子供たちである。子供とは無慈悲な宇宙人だ。ヘヴィメタルの帝王、オジー・オズボーンが「世の中で一番大変な仕事は〝親業〟だ」と言うのも当然で、人は子供時代だれもたがわず荒振神であったろう。
　この集をまとめるにあたっては、六花書林の宇田川寛之氏にたいへんお世話になった。編集者と作家の関係は個々様々だろうが、私自身は、セコンドとボクサーのような関係がよかろうと思っている。この期待に宇田川氏はよく応えてくれたと言っていい。放蕩息子のような歌稿もテイクの度にまともになっていったと思う。とても感謝しています。

二〇一八年六月

八木博信

略歴

1961年生
1987年「短歌人」入会
2002年 第45回短歌研究新人賞受賞（「琥珀」30首）
歌集『フラミンゴ』

〒206-0023
東京都多摩市馬引沢 1-16-3-302

ザビエル忌

2018年8月8日 初版発行

著　者――八木博信

発行者――宇田川寛之

発行所――六花書林
〒170-0005
東京都豊島区南大塚3-24-10-1A
電話 03-5949-6307
FAX 03-6912-7595

発売―――開発社
〒103-0023
東京都中央区日本橋本町1-4-9ミヤギ日本橋ビル8階
電話 03-5205-0211
FAX 03-5205-2516

印刷―――相良整版印刷

製本―――仲佐製本

定価はカバーに表示してあります
ISBN978-4-907891-64-0 C0092